AF312672

Valenciennes

des presses de L. Prignet, Rue de mons.

1840

MOSAÏQUE.

Par Désiré Frizet

BIBLIOTHEQUE ROYALE
I

Valenciennes,

IMPRIMERIE DE A. PRIGNET, RUE DE MONS, 9.

AOUT 1840.

Préface.

Si quelques personnes d'un goût délicat et
sévère réprouvent le ton de la satyre intitulée
Maryade et en blâment le cynisme, j'avoue que
je n'ai à leur présenter d'autre justification que
celle-ci :

Cette satyre a empêché un vieillard insensé de
spolier sa famille au profit d'une intrigante de
bas étage qui l'avait presque amené à contrac-
ter avec elle un mariage ridicule et à lui donner, en pur don, la presque totalité d'un patrimoine assez considérable dont il pouvait dispo-
ser, soit en l'aliénant, soit en le lui laissant par
testament.

Si la fin justifie quelquefois les moyens, certes
je pense que c'est surtout dans ce cas ou dans des
analogues ; Regnier, n'avait point un intérêt
si pressant à faire valoir lorsqu'il publia *Macette*

et cependant on excuse REGNIER parce qu'il a inspiré, pour les lieux et les personnes qu'il a dépeints, un dégoût et une horreur qui les ont fait fuir, et, qu'en ce sens, il a rendu (peut-être sans le vouloir) un grand service à la morale publique.

Cette brochure, du reste, est la dernière que j'offre au public de Valenciennes ; je le remercie, avec toute l'effusion de la reconnaissance, des encouragemens dont il ne m'a pas fait faute, mais je pense, ainsi qu'un *journaliste bienveillant*, que, pour arriver à faire bien, il ne faut point gaspiller en petits vers les facultés poétiques qu'on vous suppose, à tort ou à droit, mais bien s'occuper sérieusement et exclusivement d'une œuvre soigneusement méditée et élaborée.

D'ailleurs, qui ne sent le ridicule de venir toujours demander grâce au public pour des essais de jeune homme ? On ressemblerait à ce littérateur du siècle dernier, qui, selon CHENIER, sollicitait encore l'indulgence du lecteur bénévole pour les débuts un peu trop prolongés de sa **Muse sexagénaire.**

Étrennes à mon Frère.

—

Enfin j'ai dompté la paresse
Qui tenait mes doigts enchaînés,
Et, sans plus tarder, je t'adresse
D'une *scarronienne* ivresse
Les vers, tant bien que mal tournés ;
Mais plutôt mal, car son Altesse
Phébus qui jadis m'inspirait
Et parfois par bonté m'ouvrait
Un accès facile au Permesse,
Me délaisse enfin tout-à-fait.

Comme Dieu de la politesse
Et du bel air et du bon ton,
Par décence, il fuit d'un dragon *

* L'auteur était alors fourrier dans le 5e régiment de cette arme.

Le trop-franc et libre jargon
Et l'impertinente rudesse
Inusitée à l'Hélicon.

   Au Diable soit donc Apollon ,
Son archet et son violon !

   J'avais encor pour moi ma Muse ,
Tendre Vierge que j'adorais ,
Et qui , sans fard et sans céruse ,
Du seul reflet de ses attraits
Savait embellir mes portraits . . . .
Elle aussi me fuit . . . . . la volage !
Me laissant pour adieux , l'outrage
De ce discours vif et cuisant
Très-caustique et très-offensant :

   « Adieu , tu deviens indécent ,
» Tu sens la fille et la taverne,
» Je ne veux plus d'un tel amant ;
» D'ailleurs le bruit de la caserne ,
» Des trompettes l'aigre refrain
» Et le cri de la sentinelle
» Effarouchent une pucelle ;
» À ne te rien céler, enfin ,
» L'âcre parfum de l'écurie
» D'un quartier de cavalerie
» Fait mal au cœur, à l'estomac ;
» De plus, la pipe , le tabac,
» L'ignoble *chique* que , sans cesse ,

» Entre ses dents ta bouche presse *
» Donnent la peste à l'odorat
» Rendu chez moi très délicat
» Par le nectar et l'ambroisie
» Que dans les célestes lambris ,
» A l'immortelle compagnie
» Hébé sert en cérémonie ;
» Ainsi n'en sois donc pas surpris ;
» Tu n'es plus de mes favoris ;
» Je te quitte ; aux sacrés pourpris
» Je pars , adieu , je suis partie. »

Elle dit : A mes yeux marris
Elle fuit, s'éclipse , s'envole :
Plus de Muse *pour une obole.*

D'elle , pourtant , j'étais épris ,
Maintenant encor j'en raffolle ;
Mais non , point de tristesse folle ,
Sachons , dans ce cas épineux ,
Nous faire une façon de dieux
D'une inconstance moins frivole
Et qui m'inspireront bien mieux.

» O toi , qu'à sucer je m'amuse ,
» *Chique* , sois désormais ma Muse ,
» *Tabac* , deviens mon Apollon ,
» Et que les champs de la Belgique

* Cette plaisanterie tant soit peu cavalière , l'auteur prie les
personnes délicates de ne pas la prendre au sérieux ; l'infirmi-
té de cette ignoble habitude lui est totalement étrangère.

» Où croît ton plant aromatique,
» Soient pour moi le sacré Vallon ! »

Or, sous l'influence électrique
De ce Pinde de ma fabrique ,
Je vais laisser, comme au hasard ,
Courir mes vers, sans soins, sans art ,
Sans employer rabot ni lime
A polir une exacte rime
Quand il s'agit tout bonnement
De mes souhaits du nouvel An.

Je sais que , dans ce jour, on ment
Plus que pendant l'année entière,
Et que l'intérêt seulement
Et la Sottise routinière
Qui , d'un pas servile et pesant ,
Va se traînant dans les ornières
Des vieux *us* de nos vieux grands-pères,
Ont consacré ce premier jour
A tous les faux-semblants d'amour,
D'amitié , de reconnaissance :

Ce n'est pas seulement en France ,
Mais dans tous les autres climats
Qu'on cache l'aigre jalousie
Du bonheur d'autrui qu'on n'a pas,
Du bonheur d'autrui qu'on envie ,
Sous les hypocrites éclats ,
D'une gaîté factice et vaine ,
Et que l'on déguise sa haine
Sous le visage étudié
D'une officieuse amitié :

De là vient que rieuse et sage,
On vit la docte Antiquité
Jadis donner double visage
Au bon Janus qui fut doté,
Dès lors, par faveur singulière,
Du privilège précieux
De voir, seul entre tous les dieux,
Tout à son aise son derrière.

Mais, tu sauras séparer, Frère,
Mes vœux d'avec les vœux forcés
De tant de gens intéressés.
— Pour toi, donc, moraliste austère
Et pourtant doux et bienveillan,
Quels souhaits faire au nouvel an ?.....

« O nouvel an sois-lui propice :
» Verse sur lui de ta faveur
» Tous les dons et le bénéfice
» Et les trésors et le bonheur !.....
» Préserve-le de la jaunisse,
» De la fièvre, du choléra,
» De la gravelle et cœtera.....
» Et de la longue kyrielle
» Des fléaux que font les destins
» Peser sur les mornes humains
» *De par la Sagesse éternelle !*

» — Que de ton hiver les frimas,

* Janus..............
Solus de superis qui sua terga videt.
                                    Ovid.

» Les brouillards épais et les brumes
» Chez lui n'apportent point de rhumes ;
» Que du printemps suivant ses pas,
» Les douces et tièdes haleines
» Puissent infiltrer en ses veines
» La vivifiante chaleur
» Qu'avait éteinte la rigueur
» Des Autans longtemps en fureur ;
» Qu'il lui prodigue la merveille
» De son odorante corbeille ! . . . . .
» Que l'été lui donne ses fruits,
» Qu'il le garde de ses orages,
» Qu'il lui prête, de ses ombrages
» Les frais et mobiles abris ;
» Qu'enfin la paresseuse Automne
» Effeuille pour lui la couronne
» De ses fruits murs et savoureux,
» Et que son souffle dangereux
» Ne fasse pas que sa personne
» Péniblement tousse et frissonne,
» Et dans son séjour bienheureux
» N'apporte juleps ni clystère,
» Ni fièvre, ni la troupe amère,
» Des poisons de l'apothicaire,
» Ni l'art toujours trop assassin
» Du malencontreux médecin.

» De l'impertinent patronage
» D'un imbécille personnage,
» Lourd *Midas* qui croit que l'argent
» Donne seul le bon goût, l'usage,
» L'esprit, le tact et le talent ;
» Garde-le surtout, nouvel An ;

» — Préserve-le de l'étiquette
» Qui se guinde avec vanité
» Sur l'édredon de la banquette
» De la bonne société :
» Mieux lui vaudrait de la guinguette
» Savourer la grosse gaîté !. . . .

  » Garde-le d'un dîner d'artiste ,
» De la haine d'un journaliste
» Et des baisers d'une modiste
» Dont hélas ! les seuls produits nets
» Ne sont souvent que l'emploi triste
» Des pilules de *Saint-Gervais* ;

  » Empêche enfin que l'éloquence
» De maint *Démosthènes* de France ,
» Ne déverse , à grands flots , sur lui
» Le dégoût , l'horreur ou l'ennui ,
» Et ferme toujours sa retraite
» Au *Jésuitisme* papelard ,
» A la politique , au mouchard ,
» Ainsi qu'à la verve indiscrète
» De maint pédant , de maint poète :
» Loin de lui leurs lourds entretiens ,
» Leurs méchants vers. . . . partant les miens !...

  » De nos vœux fermons la série
» Par un vœu sage et raisonné :
» Procure lui , dans sa patrie ,
» Quelque douce et sensible amie
» Qu'il aime et dont il soit aimé ;
» Que près d'elle en prédestiné ,

» Il savoure une obscure vie
» Exempte de soins et d'envie,
» D'ambition, de vanité,
» De richesse, de pauvreté,
» Et de toute tracasserie.

» D'un orateur je hais l'éclat,
» Son fard n'est pas dans la nature :
» Libre et franc de toute imposture
» Mon vœu c'est celui du soldat !....

» Mais je m'aperçois qu'en vrai Blaise,
» En vrai Bas-Normand de Falaise,
» Tout en faisant des vœux pour toi,
» J'allais m'oublier....... par ma foi !
» Formons-en donc, tout à notre aise,
» Car, aussi bien (ne te déplaise),
» Pas un n'en formerait pour moi !....

» O nouvel An sois moi prospère
» Plus que ne fut défunt ton père,
» Et fais, qu'au sortir de l'Hiver,
» Je puisse traverser la mer,
» Pour voir si l'ardente atmosphère
» De l'Afrique et ses grands déserts
» Sauront mieux faire mon affaire
» Et m'inspirer de meilleurs vers !.... » *

* L'auteur était désigné pour faire partie d'un détache-
ment de troupes destinées à l'expédition d'Afrique.

A Anna,

Qui m'avait donné un bouquet de violettes.

Les violettes embaumées
Qu'hier je reçus de ta main,
Aujourd'hui mornes et fanées,
Hélas n'ont duré qu'un matin !...
Ainsi du printemps de notre âge
Se flétriront toutes les fleurs...
Un jour encore.... et de nos cœurs
L'hiver, au souffle qui ravage,
Exilera douces ardeurs,
Illusions, amour, ivresse !
Jouissons donc, ô ma belle maîtresse,
Bientôt il ne sera plus temps,
Tandis qu'encore il nous caresse,
Savourons tout notre printemps !...

Oh ! laisse moi, sur tes lèvres mi-closes,
Cueillir, en longs baisers, amour, parfums, désirs,
Car tes lèvres, Anna, s'ouvrent comme des roses
Aux brises fraîches des zéphirs !...

Las ! bientôt la Vieillesse aride ,
De ses doigts lourds et desséchés ,
A ton front imprimant la ride ,
Sur ta bouche odorante , humide
Desséchera tes doux baisers ! . . .

Entends déjà sa voix qui crie :
» Cède à mes ordres absolus ,
» Je suis Celle , ma belle amie ,
» Celle par qui l'on n'aime plus.

Imitation d'Anacréon.

Ἔρως ποτ' ἐν ῥόδοισι.

Le jeune Amour
Voyant un jour
Longues corbeilles
Où les abeilles
Font leur séjour ;
Où se compose
Ce nard divin,
Que du jasmin
Et de la rose
Offre le sein,
Veut dans son âme
Au lieu de fiel,
Tremper de miel
Ses traits de flamme.

De son carquois
Il les décroche,
Et puis s'approche,
En tapinois.

De sa corbeille,

A M.ᵐᵉ B*** de R***,

visitant le camp de Lunéville.

———

Quand fatigué de la grandeur suprême
Et déposant l'orgueil du diadème,
Le roi des Dieux, en simple pèlerin,
Venait sur terre, un bourdon à la main,
Il dédaignait nos grands palais profanes ;
D'un Philémon d'une obscure Baucis
Il préférait les rustiques cabanes
Vierges de luxe ainsi que de soucis ;
Bientôt du Dieu la main enchanteresse
En temple saint transformait leur taudis :
Ainsi chez nous, quand vient une déesse,
Notre prison devient un Paradis.

A M. Nicolas B***,

pour réclamer sa protection.

Il est un saint révéré de l'enfance ,
Qui de cet âge est le patron béni ,
Pour ses défauts , saint pétri d'indulgence ,
A ses besoins veillant d'un œil ami ;
De le nommer point n'est besoin , je pense ;
Votre patron , il est le nôtre aussi.

Sur cette mer féconde en précipices ,
Quand nous entrons en pilotes novices ,
D'une main sûre il guide notre esquif ,
Il le défend des fureurs de l'orage
Et le conduit sans encombre au rivage,
Espoir perdu du passager craintif.

Sa mission se borne à ce voyage ,
Premier essor, essor du premier âge.

Il en est un plus périlleux , plus grand ,
Que l'âge mûr, à son tour, entreprend

Dans un désert, immense, aride plage
Où l'horison dans le vague se perd....
Infortuné, l'imprudent qui s'engage,
Sans guide sûr, en cet affreux désert !...
Il n'aperçoit que précipice, abîme
Béants sous lui !... de sa présomption
Bientôt hélas ! il devient la victime ;
Tel est mon sort : j'eus la prétention
De m'engager dans ce désert sauvage,
Sans soins, sans guide et sans direction !...

(ENVOI.)

De son patron il faut être l'image ;
Si donc le vôtre, en mon premier voyage,
Daigna m'offrir son intercession,
S'il fut mon guide, ah ! soyez-le dans l'autre !
Dans les périls, j'invoquai son saint nom,
Sauvé par vous, je bénirai le vôtre.

Traduction d'Horace.

Mæcenas atavis edite regibus.

Toi qui comptes des rois dans tes nobles ayeux ,
Qui prêtes à mes vers un appui glorieux ,
Mécène , tu le sais , dans la vaste carrière,
Il en est qui , couverts d'une noble poussière ,
Déjà des immortels croient marcher les égaux
S'ils ont pu triompher de leurs nombreux rivaux ,
S'ils ont fait éviter à leur brûlante roue
Cette borne fatale où leur rival échoue ;
D'autres d'un peuple vain adorant la faveur ,
Aux brigues du Forum attachent leur bonheur ;
L'avare n'a plus rien que son désir envie
Si des riches moissons de l'heureuse Lybie ,
Il a vu regorger ses vastes magasins ;
Ouvrir avec le soc , féconder de ses mains ;
De ses humbles ayeux l'indigent héritage
Enchante celui-ci.... qu'on lui donne en partage
Tous les trésors des rois , pour que , sur un vaisseau

Il aille par les mers, argonaute nouveau,
Des vents tumultueux affronter la tempête,
Il les refusera.... que le marchand regrette
Dans sa douce patrie un paisible repos,
Quand il voit furieux s'élancer sur les flots
l'Aquilon dont le souffle et flagelle et déchire
Les panneaux gémissants des flancs de son navire !
Au naufrage échappé, moins imprudent, va–t–il
Se reposer en paix ?... — il revole au péril.

Nonchalamment couchés sous un dais de verdure,
D'autres, au bruit flatteur d'un ruisseau qui murmure,
D'un vin célèbre et vieux savourant les vertus,
D'un crépuscule à l'autre, honoreront Bacchus.

Aux sonores accens des trompettes guerrières,
Voyez comme aux combats, désespoir de leurs mères,
Volent de *Quirinus* les rejetons nombreux :
Que d'audace, d'ardeur, quel élan généreux !...

Qu'au milieu des halliers au chasseur on signale
Un cerf, un sanglier... vite, nouveau Céphale,
Oubliant et sa couche et sa femme aux abois,
Il court en forcené, par les monts et les bois ;
Fatigues et dangers, faim, nuit sombre, froidure,
Pour chasser il n'est rien qu'il n'affronte et n'endure.

Prends place, le front ceint d'un lierre glorieux,
Docte et sage Mécène, à la table des Dieux,
De tes nobles travaux, c'est le prix mérité.
Quant à moi des forêts la fraîche obscurité,

Les faunes, les sylvains, les nymphes bocagères,
Phébé prêtant sa lampe à leurs danses légères,
Voilà ce qui me plaît, et puissent ces tableaux
Faire une place à part à mes humbles pinceaux !
Mais, ô mon protecteur, si ton noble suffrage,
A mon lyrique essai sourit et m'encourage,
Tu vas me voir, superbe à la fois et joyeux,
Elever jusqu'au ciel mon front victorieux.

Autre.

Exegi monumentum.

Avant qu'ait disparu du temple de mémoire
Le noble monument que j'érige à ma gloire,
Et le marbre et l'airain seront anéantis,
Et, cédant au torrent du Temps inexorable,
    Sous un tombeau de sable
Les colosses du Nil gesiront engloutis ?...

Ni des vents déchaînés les fureurs impuissantes,
Ni des siècles sans fin les vagues incessantes,
Ni le fer, ni le feu, ne pourront l'abolir ;
Evitant à demi la Mort et son outrage,
    D'un glorieux suffrage
Chez nos derniers neveux on me verra jouir !

Oui, tant qu'au Capitole où le prêtre la guide,
On verra s'avancer la Vestale timide,
Du mode Eolien on vantera l'auteur,
Jusqu'aux bords que l'Aufide envahit de son onde,
    Jusqu'aux bornes du monde,
Le phare de sa gloire étendra sa lueur.

Ils seront célébrés sur la lointaine plage
Où Daunus agrandit son royal héritage,
Du luth éolien les sons mélodieux ;
Muse, revets l'orgueil que tes bienfaits me donnent,
Et que tes mains couronnent
D'un immortel laurier mon front victorieux.

À mon frère,

SUR SA NOUVELLE RÉSIDENCE,

LA MAILLERAIE

(Normandie).

Sur les bords opulents de ce fleuve dont l'onde
Joint Paris à la mer, la mer au Nouveau-Monde,
Et de l'échange heureux de leurs produits divers
Dote les habitans de l'immense univers ;
Dans les vallons riants de la belle Neustrie,
Vrai séjour du bonheur, séjour où l'industrie
Autant que la nature enrichit les humains,
Que fortunés et doux vont couler tes destins !!

Tandis que mon esquif en proie au sombre orage,
Repoussé par les flots tente en vain le rivage,
Du port, lorsque l'espoir s'en va périr en moi,
Ce rivage, ce port, tu les a conquis, toi,
Prêt, si pour m'arracher à la tourmente amère
Il me fallait ta main, à me la tendre, frère !
Quand nulle étoile, hélas ! n'illumine ma nuit,
D'un soleil bienfaisant le doux rayon te luit.

Et des dons variés de Pomone et de Flore ,
Ton Éden enchanteur à tes yeux se décore !!

La nature à ces bords prodigua ses bienfaits :
Heureux , trois fois heureux , toi qui peux désormais,
Sur le velours moëlleux de suaves prairies ,
Tranquille , promener tes douces rêveries ,
Et laisser tour-à-tour égarer ton loisir :
De l'étude au repos , du repos au plaisir !!

Château des MORTEMARTS , pavoisé de trophées ,
Jardins délicieux dessinés par les fées ,
Parc immense , jets d'eau frais et voluptueux ,
Antres sourds , bois touffus aux sentiers tortueux ,
Prés fleuris où le bœuf pait une herbe opulente ,
Verts côteaux que gravit la chèvre pétulante ,
Temple de la Science et dépôt des Beaux-Arts *
Salut , salut à toi , château des MORTEMARTS ,
Honneur à l'héritier de ton asile antique ,
Qui, l'esprit dégagé de l'orgueil héraldique ,
Dépouillant le seigneur pour être citoyen ,
Au riche , à l'indigent , au noble , au plébéien ,
Ouvre complaisamment ta grille hospitalière !...
Qui ne bénit son nom , ne l'aime et le vénère ?...
Il est l'ami du riche et du pauvre l'appui !...
Et toi , son commensal , mon frère , grâce à lui

* Le château du marquis de Mortemarts , dans un site des
plus pittoresques (voir *La Seine et ses rives*, par Nodier) ren-
ferme , entre une bibliothèque des plus complètes , des collec-
tions minéralogiques, botaniques, etc., etc., à faire envie aux
villes même de premier ordre.

Désires-tu des rois contempler les faiblesses,
Les attentats fameux, les horribles détresses,
Et *Racine* et *Corneille* et le noir *Crébillon*,
Sous les traits différens de leur divin rayon,
En toi font succéder par de magiques charmes,
Les pleurs à la terreur, et la terreur aux larmes.
Sur les nombreux travers du pauvre genre-humain,
Si tu veux méditer ou t'egayer, soudain
A tes yeux vont s'offrir le grave *Labruyère*,
Le sceptique *Montaigne* et le joyeux *Molière*,
Le caustique *Arouet*, le mordant *Nicolas*[*]
D'étude et de savoir tes esprits sont-ils las ?
Qu'au bout d'une ficelle un hameçon perfide
Arrache à sa retraite ou le brochet avide
Ou la carpe argentée ou le friand goujon...

Mais déjà le soleil au bout de l'horison,
Nage en des flots d'azur, d'écarlate et de flamme,
Que ce spectacle est beau !.. qu'il doit plaire à ton âme !
Sans doute à *Jehova* sur le soir d'un beau jour,
Le premier homme offrit le premier chant d'amour !..
Ah ! c'est en ce moment qu'un intime mirage,
De ta patrie absente anime en toi l'image,
Et t'amène et ta mère et ta ville et les toits
De nos jeux enfantins si bruyans autrefois !
Tu regagnes, pensif, ta modeste demeure,
Et, couverte par toi, ta table en est meilleure.

* Boileau, « Grand Nicolas de Juvénal émule. »
VOLTAIRE, *Guerre de Genève.*

Qu'entends-je? Est-ce aujourd'hui la fête du hameau :
Oui , c'est un violon , c'est un aigre pipeau ,
Qu'au tambourin joyeux un aveugle marie ,
Tout trépigne de joie ; on saute , on boit , on crie ;

L'arrogante Étiquette au dur et faux regard ,
A ces plaisirs si vrais ne prête point son fard...
Tu te mêles bientôt aux danses du village ,
Aux agrestes beautés je te vois rendre hommage ,
Tu t'animes , tu ris , te voilà le rival
Ou du maître d'école ou du greffier fiscal !..

L'horison , cependant, blanchit et se colore,
Au jour faible et douteux qu'a fait naître l'aurore ,
Tous les jeux ont cessé, mais leur doux souvenir
Prolonge en ton sommeil leur charme et leur plaisir.

Conseil à Hortence.

Nobis, quum semel occidit brevis lux,
Nox est perpetua una dormienda.
CATULLE.

Zéphyrs, vos tièdes haleines
Chaque printemps, de nos plaines
Diaprent le vert tapis ;
Soleil, vainqueur de l'aurore,
Chaque été tu fais éclore
L'or onduleux des épis.

Tous les ans, la pâle Automne
S'enrichit et se couronne
De fruits mûrs et savoureux ;
Tous les ans, l'hiver enlace
D'un triste linceul de glace
Les sillons cadavéreux.

Mais la Nature éternelle
Vieillit et se renouvelle,
Sous les yeux du Créateur ;
Seul, l'homme naît, vit et passe
Hélas ! sans laisser de trace
Et c'est pour toujours qu'il meurt !

Hélas ! sans retour, Hortense,
L'insensé, pourtant, dépense
Ses jours en soins superflus,
Ses jours que le Temps enlève,
Comme le reveil, un rêve
Qui fuit et ne revient plus !

A l'Ambition avide,
A l'Avarice cupide,
A l'ardente Inimitié,
Aux plus futiles Caprices,
Aux plus détestables Vices,
Il s'immole sans pitié !...

Gardons-nous bien, ma chérie,
De dilapider la vie
Comme lui jusqu'au tombeau,
Aimons, aimons ; pour qu'on aime
Dans nos cœurs Dieu mit lui-même
Du feu sacré le flambeau.

Laisse sur ton front candide,
Sur ton œil pur et limpide,
Mon œil tour-à-tour errer,
Laisse, laisse aussi, ma reine,
Du nectar de ton haleine
Mon haleine s'enivrer !

Permets, ma belle maîtresse,
Que je baise chaque tresse

De tes noirs et longs cheveux ;
Permets, oh ! permets, de grâce,
Que de ta taille j'embrasse
Le contour voluptueux !

Sur ta bouche virginale
D'où si frais parfum s'exhale,
Mon ange, daigne souffrir
Que mon amoureuse lèvre
Aspire une douce fièvre,
Dussé-je ensuite mourir !...

Fais plus encor, ma colombe :
Qu'un humide regard tombe
Sur ton amant à tes pieds,
Et que ce regard prospère
Veuille dire : espère, espère,
Pour tes maux j'ai des pitiés !

Crois-moi, jouissons, Hortense,
Déjà sur nous se balance
L'aile du Temps, noir vautour,
Jouissons, le Temps nous presse :
Voici venir la Vieillesse,
Et partant s'enfuir l'Amour.

Traduction de Tibulle.

Sic umbrosa tibi contingant tecta, Priape.

PRIAPE, que toujours des frimas, de l'orage
Et des soleils brûlants te défende l'ombrage ;
Mais, dis-moi, ces enfans dont tu te fais aimer,
PRIAPE, par quel art as-tu su les charmer ?
Certes, je ne crois pas que ta barbe hideuse,
Tes incultes cheveux, ta nudité honteuse
Qui brave les frimas et l'ardent Syrius,
Puissent plaire au jeune âge et captiver Vénus ;
Ils t'aiment cependant, — alors le Dieu rustique
Ricane et me répond, sur un ton sarcastique :
« Pour des enfans doués de décevants attraits,
» Surtout, crains de te perdre en visibles souhaits ;
» Dans l'un ce qui te plaît, c'est cette noble audace
» Qui rend docile au mors un fier coursier de Thrace,
» Dans l'antre, de ce corps l'albâtre éblouissant
» Qui, flexible et nerveux, fend le flot caressant ;
» Ici, de ce regard c'est l'éclair intrépide,
» La, ce front rougissant où la pudeur réside.

3

» Ne vas pas d'un refus d'abord te rebuter :
» Persévère ; à tes vœux bientôt on va céder.
» A l'homme, tu le sais, le temps seul et l'usage
» Apprirent à soumettre une hyène sauvage,
» Et le flot destructeur met un siècle à ronger
» Les flancs qu'à sa furie oppose le rocher.

» Au penchant des côteaux si les raisins noircissent,
» Des astres lumineux si les lois s'accomplissent,
» C'est d'une année entière et l'ouvrage et le fruit...

» Prodigue le serment, le serment n'est qu'un bruit
» Qu'emporte sur son aile, Eurus au vol rapide,
» Jupiter à l'amant permet d'être perfide
» Et toi, chaste Diane, et toi tu lui permets
» D'invoquer ton croissant et d'attester tes traits.

» Hâte-toi de jouir; rapide météore,
» Comme un rêve le Temps s'éclipse et s'évapore ;
» Le jour presse le jour, et, de fleurs émaillé,
» Le sol, en un instant, de fleurs est dépouillé,
» Du front du peuplier le premier vent d'automne
» Arrache l'ondoyante et superbe couronne ;
» Et toi, noble coursier qu'on vit bouillant d'ardeur,
» Dévorer, prompt éclair, le cirque de l'honneur,
» Tu languis haletant, cassé par l'âge aride !

» Que j'ai vu de vieillards labourés par la ride,
» Regretter leurs beaux jours consumés sans plaisirs !
» Dieux cruels ! le serpent, au retour des zéphirs

» revêt , chaque printemps , une robe nouvelle ,
» Ta jeunesse , Apollon , resplendit éternelle ,
» Nous seuls, hélas ! changeons, et nos traits déformés
» Par la vieillesse étreints se sillonnent fanés ! ...

» Veux-tu donc être aimé , cède à tous les caprices
» Du séduisant objet dont tu fais tes délices :
» Veut-il s'aventurer en un climat lointain ?
» Que le ciel soit de glace, ou bien qu'il soit d'airain,
» Suis le sans murmurer.... que si de l'onde amère
» Il voulait affronter l'inconstance ordinaire ,
» Toi , la rame à la main , fais à son frêle esquif
» Eviter le torrent , la trombe , le recif ;
» Ne crains pas d'altérer par ces travaux pénibles
» Tes mains que l'indolence a rendu trop sensibles ,
» De fatigues, de soins, ne semble jamais las :
» Aux hôtes des forêts veut-il tendre des lacs ?
» Eh bien ! du poids des rets charge ton bras docile,
» Désire-t-il , du fer armant sa main agile ,
» S'escrimer avec toi?... que l'acier, dans ta main
» Brille et laisse parfois à découvert ton sein.
» Alors , tu le verras , plus tendre et moins farouche ,
» N'éviter qu'à demi les baisers de ta bouche ,
» Et bientôt , à ton col enlacé mollement ,
» Te présenter des siens le nectar enivrant.

» Mais dans ces temps pervers , la jeunesse avilie
» Vend ses appas aimés avec ignominie ;
» O toi qui , le premier, d'un trafic infâmant
» Déshonora Vénus , sur ton sein haletant
» Puisse la tombe noire appesantir sa pierre ! ...

» Et vous, vous tendres fleurs, jeunesse aimable et chère,
» N'aimez que de Phébus les doctes nourissons,
» Au vil éclat de l'or préférez leurs chansons :
» Les vers ont de *Nisus* éternisé l'histoire,
» Les vers ont à *Pélops* donné son bras d'ivoire,
» *Achille*, qui saurait ton courroux inhumain
» Et ta brillante armure, ouvrage de *Vulcain*,
» Si du dieu d'Hélicon les disciples célèbres
» Ne t'avaient de l'oubli fait franchir les ténèbres ;
» Oui, tant que le soleil luira sur l'univers,
» Que les fleuves iront se jeter dans les mers,
» Ils vivront les héros qu'aura chantés la Muse,
» Tandis que du Lethé l'onde noire et confuse
» Engloutira les noms des stupides Midas !
» Et toi vil traficant de tes propres appas,
» Puisses-tu, sur la terre errant et misérable,
» Voir Cybèle à tes vœux sans cesse inexorable
» Et comme un vil castrat, aux sens flasques et morts,
» Gémir d'être énervé, sans vigueur, ni ressorts. »

Aux plaisirs de *Vénus* président les alarmes,
Les soupçons inquiets, les querelles, les larmes :
Vénus le veut ainsi...., mais que dis-je, indiscret ?
Devrais-je à Titins apprendre le secret
Que me révèle un dieu, lorsque sa jeune épouse
L'arrache loin de moi dans sa fureur jalouse ?
Qu'il la suive... Mais vous qui souffrez les mépris
D'un bel enfant aimé, venez, mes favoris,
Venez à votre maître, et son expérience
De la fin de vos maux vous promet l'espérance ;
Venez ; il est expert, et jamais son orgueil

De sa porte au malheur n'a refusé le seuil !...
Mais que dis-je ?... un amour sans espoir me dévore !
Ah ! grâce , Marathon , cher enfant que j'adore ,
Ouvre ton jeune cœur à l'amour d'un vieillard ,
Espiègle, ne ris plus de moi , ni de mon art !
Grâce ! si tu ne veux voir mes nombreux adeptes
Se moquer de leur maître et de ses vains préceptes.

Maryade,

Satyre insérée dans le MÉPHISTOPHÉLÈS,

(*Journal Belge.*)

———

J'appelle un chat, un chat.
BOILEAU.

Toi qui nous vins du fin fond des Enfers
Pour tenailler dans ta tranchante pince
Les imposteurs, les sots et les pervers
Qui, sous les noms de Pape ou Duc ou Prince,
Du Gange au Rhin, du Tanaïs au Mince,
Font avec eux régner sur l'Univers,
L'Effroi, l'Erreur, la Fourbe et les Travers;
Toi, qui jamais n'entonnas la louange
D'un imbécille ou d'un faquin titré,
Epouvantail du vil cagot mitré,
Toi dont l'esprit vaut bien l'esprit d'un ange,
Diable poli, disert et très peu noir,
Oh! qu'aujourd'hui je voudrais bien avoir
Pour fustiger un vieillard ridicule,
Ta verve amère et ton âpre férule!......
Sans les avoir, cependant, mon orgueil
Débute ainsi sans plus de preambule :

Chacun connaît le bourg de Pommerœuil,
(Quand je dis bourg , peut-être est-ce un village) ;
Au sein fangeux de marais très-malsains
Il gît grouillant , mais il a l'avantage
De posséder, outre deux médecins ,
Un fossoyeur, leur très-digne compère ,
Un vieux curé qu'assiste un vieux vicaire ,
De hauts-fourneaux qui regardent Thulin ,
Un clocher svelte , avec sa flèche altière ,
De douaniers un innombrable essaim ,
Un charlatan qu'on nomme apothicaire ,
Et , pour finir ma période , enfin
Un vieux paillard , une insigne catin !..

Divin CALLOT que ton burin burlesque
M'aide à tracer ce couple tant grotesque ,
BOILEAU , RÉGNIER , HORACE , JUVÉNAL ,
Groupe caustique à jamais sans rival ,
Que tout le fiel de vos satyres m'arde ,
Ou mieux encore ! ô MÉPHISTOPHÉLÈS ,
Daigne évoquer cette Muse égrillarde
Qui nous chanta de façon tant paillarde
Grisbourdon , *Jeanne* , *Hermaphrodix* , *Agnès !*
Fais qu'AROUET pour un instant me prête
Sa Renommée à la double trompette ,
Sa double ?..... Non..... mais le cornet bruyant
Qu'à son derrière elle adapte en riant.
Qu'ai-je à berner ?..... Une mégère impure
Qui , sans vergogne , aux yeux de tous , pressure
Un sot Dandin cacochyme cocu......
Cet instrument leur est bien dévolu.

Qu'un lourd censeur, au front atrabilaire,
Aille criant que je sens le fagot,
Tant qu'il te plaît, piaille, ô noir cagot,
Moi je me ris de ta grave colère ;
Le badinage au bigot peut déplaire,
Mais nous savons que Dieu n'est pas bigot.

Le dos voûté, chancelant, asthmatique,
Les sens obtus, presque paralytique,
Les yeux bordés de crasse et de carmin,
Le front jauni comme un vieux parchemin,
L'esprit absent, la raison sans lumière,
Au tiers aveugle et plus d'à-moitié sourd,
Toi pour qui s'ouvre incontinent la bière,
Quoi ! vieux Crétin, tu penses à l'amour ?
Impur ventru, dont la hideuse trogne
Comme un cancer suppure et champignonne,
Quelle sera la Phryné sans vergogne,
Qui, sur ton cuir crasseux, livide et dur
Voudra poser son doux et blanc fémur ?
Qui, sans frémir, pénétrant dans ta couche,
Sur une bouche infecte et sans chaleur,
Voudra pomper une putride odeur,
Et, l'œil fixé sur ton œil morne et louche,
Sans nul dégoût, de tes baisers vineux
Supportera les hoquets vénéneux ?
Pour quelle louve impudente et vorace
De ton avoir vas-tu frustrer ta race,
Quelle harpie au cadavre d'un mort
Va se lier vivante pour de l'or ?
S'il en est une, ô vieillard imbécille,
Qui sur soi-même ait fait un tel effort,

Est-ce une femme ? Oh non ! c'est la plus vile
De ces catins , de ces êtres sans nom
D'un sexe aimant le mépris et l'affront....

L'âge , à ce point , rend-il l'homme stupide !
Quoi ! l'on t'a vu dans ta maturité
Te plaindre tout , économe , cupide
Pour arrondir ton champ trop limité ,
Et ta folie aujourd'hui dilapide
Ce bien acquis à ta caducité !......
O ! pauvre sot qui cours à ta ruine !
Sais-tu quelle est la larve , la vermine ,
Le ver rongeur dont la voracité ,
Sur toi s'acharne avec tant d'âpreté ?......
De ses méfaits je vais t'ouvrir l'arcane :

Ce vil paquet plombé par la douane ,
Rebut impur de plus de mille amants ,
N'est qu'un cloaque ouvert à tous venants ;
Ce corps infect , masse cautérisée ,
Du goujat même est l'ignoble risée....
Qui ne le sait ?..... Depuis qu'à Pommerœuil
Un sort maudit , une brise funeste
Nous apporta cette exécrable peste ,
Trente maisons , par elle dans le deuil ,
Pleurent , en proie au mal dont Vénus frappe
Les sectateurs du culte de Priape !.......

Voilà l'objet dont le charme vainqueur
Fixe ton choix et subjugue ton cœur
Et dont le noble et brillant hyménée
Va t'engendrer d'une insigne lignée !

— Ouvre les yeux , rejette de ton sein
Cette vipère à la dent assassine ,
Au lieu de fille et fringante et lutine ,
Prends un notaire , un prêtre , un médecin ;
Qu'un bon conseil , ô vieillard , t'illumine ! . . . .

Soins superflus ! inutile clarté !
Une hypocrite , une bigote immonde ,
Vieille rouée , obscène *Cunégonde**
Bien loin de lui chasse la vérité.

Pourquoi faut-il qu'aux champs comme à la ville ,
Impunément on gémisse infesté
Par une tourbe aussi lâche que vile
Qui prête au vice un complaisant asile ,
Un lupanar à l'impudicité ? . .
Pourquoi faut-il que d'austères grimaces ,
Un faux-semblant de vaine piété
Fassent toujours confondre, à l'œil des masses,
L'entremettage avec la charité ?

Voilà pourtant ce que pieuse femme
A Pommerœuil ose faire au grand jour ! . . .
Pour qui ? grands dieux ! pour une larve infâme
Qui prostitue un mercenaire amour
A tous venants. . . . . qui , sans cœur et sans âme ,
N'a d'autre Dieu , d'autre foi , d'autre loi
Qu'un morceau d'or. . . . . s'il est de bon aloi

* Voir Candide ou l'Optimiste de Voltaire.

Comme REGNIER que ne puis-je, ô *Macette*, *
Léguer ton nom, dignement célébré,
A l'Avenir, ce trésor du poète,
Jamais atteint et toujours espéré !

  N'espère pas, pourtant, que je me taise ;
Qu'un tel méfait se pavane à son aise ;
Non, par ma foi ! non, je t'étrillerai,
Entremetteuse à la mine béate,
Et tout le miel de tes façons de chatte
N'empêche pas que je te flétrirai
Du nom fangeux qu'on doit à tes mérites !...
Tous le sauront : de voiles hypocrites
Tu t'es couverte avec habileté,
Pour recéler avec sa *Messaline*
Un *Claude* ** impur que ta bénignité,
Dévotement ronge, abat, assassine,
Par l'aise offert à sa lubricité !...
Tous le sauront, dame pieuse et sainte :
Ton toit béni d'une louve et d'un ours,
Discret et sûr, protége les amours ;
En ton honnête et très-commode enceinte
On trouve exprés des meubles pour cela :
Boudoirs, divans, silence, et cœtera.
Puis, si tu veux, vieille sempiternelle,
Savoir de moi franchement et sans fard
Comment se nomme un tel lieu ?.... Lupanar

* Titre d'une des satyres de Regnier.

** On connaît les prouesses érotiques de Messaline et l'im-
bécillité de Claude, son époux.

Est en Français le nom dont il s'appelle
Et la maîtresse est une maquerelle !....*

O ! MÉPHISTO , mon tendre ami de cœur,
Cher diablotin que j'estime et vénère ,
Pourrais-tu pas , dans ta feuille sincère ,
De ce lardon ébaudir ton lecteur ?
Pourrais-tu pas , toi qui par le cœur brille ,
A ce vieillard rappeler sa famille
Qu'il prive , hélas ! du plus clair de son bien ,
Pour une gueuse , une fille de rien.
Pourrais-tu pas l'avertir que la louve
Entre elle et lui projet d'hymen ne couve
Que pour hâper, peut-être avant sa mort ,
Son patrimoine avec son coffre-fort ?......

Bon MÉPHISTO , fais-toi mon interprète ,
Ote à jamais ce dessein de sa tête ,
Fais que son sang , s'émouvant à ma voix ,
A sa famille il rende tous ses droits ,
Et qu'à sa fange , enfin , il abandonne
Celle qui veut son or, non sa personne.

Tu recevras le prix de tels bienfaits ;
Car en voyant qu'à ta rude colonne
Ont succédé si merveilleux effets
Tout Pommerœuil s'écrira : je m'abonne
A ton grimoire, ô MÉPHISTOPHÉLÈS !

————

* « Ce mot Messieurs, contient tant de morale
« que j'ai passé par dessus le scandale. »
RULHIÈRE.

A mon Frère

(Le jour de son mariage).

La Raison, ce guide sévère,
S'éveille en moi lorsque je dors
Et me dit d'une voix amère
Comme la plainte ou le remords :
  Quitte l'orgie,
  Fixe tes vœux,
  Range ta vie,
  Pour être heureux.

Mais il est si sec ce Madère,
Il est si doux ce Chambertin,
Mais j'en ai tant empli mon verre
Que la Raison me crie en vain !....
  Quitte l'orgie,
  Fixe tes vœux,
  Range ta vie,
  Pour être heureux.

Mais Palmire, que j'idolâtre,
A tant d'amour dans ses yeux bleus,
Lise, la brune, est si folâtre
Et m'aime tant que je ne peux

Quitter l'orgie ,
Fixer mes vœux ,
Ranger ma vie ,
Pour être heureux.

Mais , ô Raison grondeuse et sèche ,
Non , tu n'as rien qui me séduit ,
Lorsqu'en hibou , ta voix revêche
Me hurle au milieu de la nuit :
Quitte l'orgie ,
Fixe tes vœux ,
Range ta vie ,
Pour être heureux.

Corbleu ! si comme à toi , mon frère ,
Elle venait , ange du ciel ,
Sous les traits d'une épouse chère ,
Me dire de sa voix de miel :
Quitte l'orgie ,
Fixe tes vœux ,
Range ta vie
Pour être heureux ;

Vite , je répondrais : mon âme ,
Mon espoir, mon ange gardien !
Pour ton amour que je réclame ,
Pour tes baisers, oh ! je veux bien
Quitter l'orgie ,
Fixer mes vœux ,
Ranger ma vie ,
Pour être heureux !

Epitaphe d'une jeune Religieuse.

De son parfum la violette
Embaume l'air, et cependant,
Humble et timide, sous l'herbette
Elle fleurit en se cachant ;
Ainsi de sa vertu discrète
Qui cherchait l'ombre et la retraite
Et du jour fuyait les splendeurs,
Nectar divin, pure ambroisie,
Parfum plus doux que nard d'Asie
Se répandait dans tous les cœurs.

Épigramme.

—

Ne sutor ultrà crepidam.

Est-ce que de Nevers le fameux menuisier *
En songe, a tourmenté votre couche inquiète,
  Pour qu'on vous voie aussi de cordonnier
  Vous transmuer en auteur, en poète ?
  Que je vous plains de changer de métier !
  Mieux vous allaient le tranchet et l'alène
Que d'aller nous pêcher, sur les bords de la Seine,
Un distique, un quatrain **, voire un poème entier....
  Car en voyant ce fruit de votre veine,
  Plus d'un ingrat pourra bien s'écrier :
Ma foi ! ce cordonnier n'est plus qu'un savetier !

* Maître Adam.
** C'est un quatrain.

www.ingramcontent.com/pod-product-compliance
Ingram Content Group UK Ltd.
Pitfield, Milton Keynes, MK11 3LW, UK
UKHW031750170726
13836UKWH00002B/964

9 782329 235080